理非知ラズ

Beyond Rights and Wrongs

金田久璋

思潮社

理非知ラズ

Beyond Rights and Wrongs

金田久璋

思潮社

目次

Ⅰ 雲間

Ⅱ ゾウさんの鼻先

装画「露の伴奏」＝三田村和男　装幀＝思潮社装幀室

I 雲間

雲間

にんげんは
所詮神さまの
操り人形　雲のうえで
ひがな一日　気ぜわしく
糸を操っておられる

時には　もつれ絡まる
切れれば不随に　途端にくずおれる
足元がふらつく
ことほど左様に
下界はなんともややこしいことばかり

雲間から稲妻が糸の文目を照らし出す

どこからか　山の彼方から
むら雲が湧くのは
神さまのおすがたを隠すため

雲がなければ
神などこの世にはいない
そうに決まっている　むろん闇も光も

ひとりひとりの神さまが
今日も大わらわで
操り糸を手繰っている

耀く雲間から　後姿が少し見えた
交替した時だ　陽が少し翳った

淋しい背中だった
浮かぬお顔をされておられるに違いない
見なかったことにした

鯉

数本の釣り針を仕込んだ団子が
水底に届くと　鯉は

ふやけた練り餌を吸い込み
強い引きとともに
激しく竿先の鈴が鳴る

涼しげな波紋が広がる　水面の下で
鯉は苦しみのた打ち回っているにちがいない
渦を巻いて　にわかに水底に積乱雲が湧きおこる

居眠りがちで　太公望然として
日ごと神さまも　どんな思いで
参拝の鈴音を聞いておられるのだろう

左手で結ぶ
鈴の尾にしたためた　かりそめの
濁世の願いは届くのだろうか
匂やかな黒髪にめろめろになってはいないか

やおら天上に吊りあげられるのだろうか
一日を生きるための
わずかな飢えを満たす
我欲我執が救いとなりますように

思わず　水曇りの中
一気に吸い込んだ　ミジンコ

もろともに　虹色の
うたかたを浮かべて

喃語

ふところに飛び込むように
すもうごっこをした　二、三歳のころの
母がもっとも幸せだった時代
九歳の若やぐ春に
後厄で身罷った父が　まだ生きていて
村役に精を出し　逼塞しながらも
一家が声望に包まれていた往時の

二十年近くなるのに　時たま亡母の顔が
何の脈絡もなく突然　眼前にしかと
浮かび上がることがある

前生と後生のあいだで
喃語が幻聴のように聞こえるときもある
「ほら　よっちゃ　来い
よっちゃア来い」

面影が立ち　そばに気配が感じられるときは
なにがしかの危機に
見舞われていることが多かったり
それとなくあとで気付くことも

いつも負けてくれていたっけ
打算のない褒め言葉で育った

塩と汗　もしくは血で固められた
あの世とこの世の仕切り場で

睨めっこしながら
あわや徳俵で踏みとどまって
まだまだ　今は押し返す
時にはあらためて仕切り直す
四股を踏むはずが
地団駄ばかり踏んでいる

とはいえ　未だに肝心要の
いのちの分母が分からない
とりわけ分数が苦手だった
除数には母がいる
授かったいのちの分だけ

てふてふ

「てふ」とは文語で
「という」と言うこと

「てふてふ」は「蝶々」

ということ　ということ
と納得するように　はんなりと
花から花へと蜜を吸い
花粉にまみれ　ひかりとたわむれ　風の吹くまま
飛んでいる　虹の輪をくぐって
喋喋喃喃つがいで　もつれ合い

∞の字を描いて

なかには　どういうこと　どういうこと
と迷っている　一羽のうらぶれた
てふてふもいないわけではない

さしずめわたしめはといえば　濁り切った世の中
どうも　どちらかといえば
こちらの方で　悩んでばかり　堕天使の羽根は破れ放題
鱗粉まき散らし
未だにうだつがあがらない

はびら*は侍る　バベルの塔の天辺　軽々と
無限と常世のはざまで

＊「はびら」は蝶の与那国の方言

羽化

決して情けをかけたわけではないが
習い性としか言いようがない

乾いた国道を横切る
匍匐《ほふく》する毛虫を避けようとして
瞬時追い越し車線にはみ出し
すんでのところで車に接触しそうになる
何度となく

一匹の毛むくじゃらな虫けらのために
砂塵のなかで

命を落とした哀れな男のことを
もしかして　なんのおはからいなのか
神さまはどんないたわりのことばを掛けてくださるのだろう

背筋を戦慄が這い
ジッパーが裂けて
抜けるような羽化の青空から

雲間の深淵が波立ってくる
煌めく胸騒ぎのように

その日のために　木間隠れにささやく
まぶしい囀りに耳を澄ませる

ひとりは万人のため
ひとりは一匹の　さもあらばあれ　生きとし生きる

一匹は万人のために　掛け替えのないひとつのいのちが輝く
ことばが秘めやかな羽化を待っている
痛ましいたましいのはばたきのように

蜘蛛

わけても蜘蛛は
待つということの深い意味を
もっともよく
知っているかのように

からだまるごと
微妙な風の流れをとらえて
放射状の網を張る　時に揺蕩《たゆた》い
七宝色の朝露の瓔珞《ようらく》を　虚空の胸元に煌《きら》めかせ

日がな一日　数日待っても

獲物がかからないと
厭きもせず　なにごともなかったように
襤褸の網を仕舞い込み
河岸を変えて　樹間にふたたび粘っこい網を編む

根気よくひたすら　逆さまに宙づりになり
みずからをいけにえとして
天壇に捧げ　瞬時落日をとらえる
その時　この世の中心が一点に集中し
黙し　震え慄く　待つことで開示される世界の

弾跡のような　ガラスの罅《ひび》れに似て
うっすら血が滲んでいる
秋霖にうたれたしかばねをのこして

ちなみに　血脈や神経網

隅々まで経絡が張り巡らされた
人体はひたすら何を待って
幾世代もたちつくすのか　吹き荒ぶ地の果ての断崖に
カリヤスの草紅葉して茫茫と

おそらく　神をではなく
神こそまだ見ぬ人を待ち続けているのかもしれぬ
（出来損ない奴　自信作だったのに
いやはや　とんだお荷物だわい）

未来永劫にわたって　切に
海と空の
界面作用《エッジ・エフェクト》の

消えては立ち現われる
海市の傍らを行き交い

隈なく銀漢の投網を張りめぐらしながら
神は待ち望む　深い絶望のはたて
いまだ出あったことのない
見失った神の幻影を求めて
目覚めた人類を　暗黒星雲の渦中を見極めながら

輪舞　蝸牛忌のあとに

いつのまにか　知らぬ間に
脳天のつむじが消えていたのである
寄る年波のせいとはいえ　意固地なままに

右巻きだったか　もしや
左巻きだったか
今ではわからない
皆目思い出せないし
なにせ自分では見えない　天才肌の
鳥居つむじでないことは確かで

こうは見えても　直情径行ではなく
いつも迂回してきた　遠く遙かに

脳天を真ん中にした　胎児の頃の
皮膚の回転のなごりとか　我輩の代譲りの
つむじ曲がりはそのころに備わったようで
なるほど　うなずくしかない

いつも神さまの目先にあるもの
眼下にうごめく世間の移ろいを　雲間から
日がな一日眺めておられる
脳天をめじるしに　みこころのままに

贖《あがな》われる種子

キツツキや　鴉
リスたちが落ち葉の下に隠した
厳冬のいのちをつなぐ
ひとつぶの堅い木の実は

つぎの世代に向けて
固めた意志の結実

殻のなかにいきづく
白無垢のともし火のように
やわらかな子葉《ふたば》のいのり

やがて芽をだし　さんざめく光りを浴びて
いきものを育む
深い森をかたちづくる

森の一隅の　隠し場所を忘れたのか
それとも不意に天敵に襲われたか
いずれにしても　いっとき目をはなしたすきに
発芽の機会を与えられ
選ばれてあることの　たぐいまれな僥倖

芳しい土の褥に根を下ろし
いのちはいのちによって
つぐなわれ　贖われる　花の蕚の
肯う大地のたなごころに

めばえたみどりの
ひとすじの稀有な　いのちのいとなみ
いのりとひかりの　ひとしおまさる花蕾

騙し絵　アメリカアカシカ

一頭の雌鹿をめぐって
枝角をはげしく打ちつける
何度も　火花を放つほど　ゆるやかな草のなだり
逆光にうかびあがる　その雄姿のなんと崇高なことか

一名エルク　本来は
北米インディアンのショーニー族の言葉で
ワーピティ　白い尻と呼ばれた牡のアメリカアカシカが
ビャクシンやセコイアの密林に
襲いかかる捕食者からいっとき身を隠す

六本に分岐した　相似形の
雄々しい枝角が　つつましく
木々の枝を真似ている

騙すつもりが　みずから騙されるように
時には冬毛の　鬣《たてがみ》を幹に擦りつけ
交差する下枝に絡まり　そのまま雁字搦めに
息絶えたアカシカの骨格が　標本を真似て
しらじらと樹間に晒されている
時間が降り積もり　やがて化石になる　ひとしずくの涙は琥珀に

万華鏡の星月夜が　落葉し
凍てついた枝組みの間に瞬く　星座のトランプルイユ
憐れむ神のまなざしの向こうに
垣間見る　耀変天目の響きあう永遠

群れなすコヨーテの遠吠えが草原になびき
暮れ方の叢雲を呼びさます
巌を割る遠雷の轟き
稲光りが空に根をはりめぐらす

鶏

お節にはかしわは欠かせない
年末になるとひねどりを
一羽つぶす　しがないたつきのならわし

利鎌で一気に首を刎ねると　血しぶきをあげて　やみくもに
十メートルほど屋敷を疾走する　力尽きて倒れ
「コケっ」とひとこえもらし絶命する　この間数秒

堕天使の裔の　かくなる頭部は霊魂の神殿　下半身を領《うしは》く
タイムラグが示す　精妙な霊肉一体論のことわり

追われ追われて遁走し始祖鳥となる
羽毛恐竜への進化をたどる断崖こそ
鱗が羽毛に変化し　そそり立つ化石の絶壁にほかならぬ

神がいない桑の木や
柿の木に吊るし血を抜く
熱湯にくぐらせて残らず羽毛をむしる
柔毛はまんべんなく藁火で焼き
血の一滴まで疎かにせず煮凝りにする　鳥ガラはスープに

少年はそれ以来かしわが食べられない　人知れず
ひときれでもまぎれていると
聖痕のように　全身に湿疹が出来
鳥肌になる　掻き毟るほど

ひねどりながら　葡萄の房のように

未生の卵がぎっしり下腹に詰まっている
お節の一品が新年を寿ぐ

若水を汲む　淑気と寒疣
鶏鳴が新年を告げる黎明の一刻
山の端に裂けた鶏冠の曙光が走る

暗喩の蜆

いつしかレコードや　使い古した
丸いちゃぶ台が消えても
やはり　朝餉の蜆　身をほじくり
しみじみ　一杯の味噌汁をすする　とはいえ
（一椀の底から巻き起こる原子雲のくぐもり）
漆黒の闇を閉じ込めた二枚貝の
なにごとか無心に
拝んでいるのか　もしくは

つぶらなひとみの瞑目
時にはおちゃめな舌を出して
照れているようでもあり　そしてなおも二枚貝の
蝶番の悲鳴をだれも聞きとがめた者はいない

ひとすじ澪を引いて
秋の日が　湖底に揺らめく　金色のひかりの葦の屈折
逆光にまみれ　ヨシキリのさえずる葉先にも没落の予感が漂い

浅瀬から一心につぶらかな瞳で見つめているのは
沈んだ銀河の星の燃え滓　遙かな反世界の
ノスタルジーの彼方へ

いつまでも　安穏な日々が続くとは限らない
不安や無常は人の世の常として

辺と隅に囲繞された　生存をめぐる黒白の対局
白石はアルビノではなく　実はもぬけの殻だとしても
いささか　水の神々も生死の真中で　攻めあぐんでいる様子
未生の言葉は無明の淵をさまよい　時に

蜆はおもむろに瞼を閉じ
遠いどこかで音もなく暗闇が世界を覆った

リトープス　石の花

大西洋に面した　アフリカの南西部
ナミビア砂漠のムーンランドスケープ
荒涼としたチャートやジャスパーの
月世界を思わせる岩山に

生きている石と呼ばれる
多肉質のメセン類ハマミズナ科の植物が
岩砂漠の傍らの片岩やペグマタイトの石英
片麻岩にけなげに擬態して
獣に齧られぬよう数万年を生き延びてきた
群がって　熱砂の干からびた岩肌になる

とはいえ　その石塊をだれが認め確認するのか
悲哀の眼をもたぬ植物に　石に化けた己の姿がわかろうはずもない
リトープスにとって　他者は獣ではなく　まずは己自身
幽体離脱して己を見下ろす　とでもいうのだろうか

いつものことながら　擬態のことを考え始めると
はたとそこから先へと進まない　安直ながら
やはり造化の神の仕業にしてしまうのがオチだ

堅い表面が二つに裂けて
灼熱の光線に晒され風化を気取っている
ただ迂闊なのは　固く閉じた唇の隙間から
機が熟したように　白や黄の可憐な花を一輪咲かせることだ

造化の神のサービス精神が仇になり

しばし獣の喉を潤わせたり
時には熱帯の観葉植物として愛玩される

その花を　あえて砂漠の
沈黙の歌と呼んでもいい

Ⅱ　ゾウさんの鼻先

華厳寺にて

物忘れがひどくなったと
嘆いてはいけない
おのずと次の世に生まれ変わる準備を
毎日しているのだから　ふだらくや

きしうつなみは　みくまのの
なちのおやまに　ひびくたきつせ
第一番那智山青岸渡寺からはじめて
難路に喘ぎ　山河慟哭の谷間に分け入る
乱れ打ちの西国三十三所観音霊場を訪ね歩き　いままでは

いままでは
おやとたのみし　おひづるを
ぬぎておさむる　みののたにぐみ
ようやく結願の谷汲山華厳寺に辿り着く日の
土地の名はいかにも徳積　本尊は十一面観世音菩薩
紅葉に染まる石畳を踏みしめ

納経をすませて　ほどなくひと息つき
ふたたび生まれ変わるために
本堂地下の戒壇巡りに臨む
一歩階段を降りるごとに深まる

手暗がりの漆黒の闇の
毛根を締めつける慄き
もはや回路の土間と壁しか頼るとてなく
恐る恐る前へと進むしかない

暗黒星雲に飲み込まれるように
一切の光りは消滅し　浮遊するたましいは彷徨《さまよ》い
一気に胎内に引き戻される

その時　不意に着メロが鳴り響き
青白い現世の光りがおぼろげに闇路の一隅を照らし出す
未生のくらがりのなかで
一転置き去りとなり
慌てふためいて
茫然自失し　ふと思わず我に返る

まだまだ　なにくれと
世間は忘れてくれないらしい
曲はＬＯＶＥ　ＩＳ　ＯＶＥＲ

御手足堂にて

神野善治氏に

手足ばかりか　わずかながら
乳型もあれば男根型もある
樹の洞はたぶん女陰の暗喩
むろん酷使される牛馬の足型もまた

快癒を願って奉納された
くわんおん渓谷の断崖に聳え立つ御手足堂に
ぎっしりと詰め込まれた　数万の
犇めく足型手型　手製もあれば精巧な仏師作と思しきもの
大地を鷲摑む樹の根の関節
ズワイガニのようにもぎ取られた傷痍軍人の

義足や義手も壁に吊るされ　悍《おぞ》ましい征途のゆくえ

鶏鳴のために未完のまま　巨岩に刻んだ片手観音
弘法大師一夜の御作として知られ
三十三年ごとの石観音の御開帳には
境内が善男善女で賑わう

しだれ桜の春爛漫　蟬しぐれの声明が
猛暑のあまつみそらから峡谷にふりそそぐ
深まる秋は全山紅葉に荘厳され
鹿緘しの支持台を打つ音に　ふと我に返る無明の冬

あえて磨崖仏の右手を彫り残した　欠損という障碍の深い　理《ことわり》
苦患を癒すために
毎日撫でさすり　いずれも手垢で黒光りしている
奉納は快癒のみしるしにほかならぬ

それでもなお生きとし生きるものの　苦難は多く
かつ懊悩は深い　龍蛇が頷く
御手足堂の格子からはみでた
鬩《せめ》ぎあう手足が　法悦の
一条の雲間のひかりに包まれる

両隣り

向こう三軒両隣りは　必ずしも
近所のことではない

かつては田畑や深山のなかにも両隣りはあり
畦や谷間で小昼を食べ
時には世間話や　縁談も話し合われた

今のご時世は　それすら許さない
コンバインのけたたましいエンジン音が野良に響き渡り
雑談の余裕を奪い　拍動を狂わせる
いつだって機械音は心臓に馴染まない　海潮音にも

産業革命以来　無惨にバイオリズムを乱し続ける
一方で離農はとめどなく　あてどもなく進み　惨憺たる
荒蕪地が年毎に増えていく　ついには近所まで迫り

アレチノギクやセイタカアワダチソウ　ねこじゃらし
カリヤス　ヤツマタ　葛がかつて丹精した田畑にはびこり
畝間を覆い尽くす　蛇蝎や野獣が跋扈する
先祖伝来の山林は荒れ放題に　顧みられないまま

わずかな畦せせりすら　土百姓の気力も今はなく
隣からつる草が不善の庭へと延び
生首を締めに来る　夜ごとの夢に　メドゥーサのごと
それでもなお両隣りの脇腹を　いつもと変わらず
アイの風が吹き募る　草いきれを鎮めて

せめて汗みずくの胸坐《むなぐら》に　われは青人草　雄々しい
地霊の息吹よ甦れ　葉擦れの
言問いの木下闇深く　いのち華やぐときもあり
隣の人は何する人ぞ　隣の人はくしゃみする

ゾウさんの鼻先

絵に描くとわが福井県は
いわばゾウさんの頭で　よしよしと
いたって覚えもよろしくど頭《たま》撫でられ
嶺南はその鼻先にあたり
いつも遠慮気味に　目先が利かず
なにごとも大事なことは
頭高天の嶺北で決められる
（明治以来そうだ　教師と巡査　小役人が支配した土地）

鼻先の寒村に　まるでダニか貝殻のように
十五基もの原発が

執拗にへばりついていて

投げ網のように送電線が
やまなみに張り巡らされ　狂った不夜城
ヒートアップのヒンターランド
関西方面へと汚れた電力が供給される

という図式なのであるが
いずれは早晩　象の墓場になることは
誰が考えても
いたって自明なのである

それでも罰当たりな　阿漕であくどい死の商人たちは　慊《あきたらな》い
夜な夜な墓場をあさり　象牙を高く売りさばこうと
目を血眼にしているのである

象牙の牙のあるあたり
若越二国の境界に
牙を抜かれたのも同然の体たらくで
わが父祖以来の在所があり

実印も実は
高価な象牙製である
むろん　同意の印鑑は
押してはいない　痩せても枯れても
すっとこどっこい不見転《みずてん》ではない

美しい日本の世の行く末を　終生この地に在って
鼻先で嗅ぎ分けながら
いざ生きめやも　風立ちぬ

放射能混じりのあいの風が

いとさわやかに脇腹を吹き抜ける
寒村《ハムレット》が言う　To be, or not to be
that is the question

止め木の鯉

ガッシン　ガッシン　中年ガッシン
ひもじい腹の底まで響く　旱魃の餓死年の
唱え文句の　しだいに
声も細りつつ　自在鈎に縋り付く

アマ天井の火棚の稗や栗
栃　胡桃　シダミまで
いよいよ食い詰めた時には　「黄金狂時代」の
チャップリンなら革靴を茹でて飢えを凌いだが
田の神が煙に乗って天地を行き来する

自在鈎の止め木の鯉を煮込み
熱い煮汁をすするのである*

数代かけてなりわいの囲炉裏で
煮炊きした湯気や煤煙　匂いまでが
たっぷりしみこんだ　止め木の滝昇りの鯉から
滲み出た濃い出汁と
敷き詰めた茣蓙や筵をも煮出して　がっしん

わずかな塩を得る　時にはしたたり落ちた汗や涙や
赤子の小便も　飲み下す洟汁さえも　餓えたひとすじの
いのちを繋ぐ糧となる　がっしん　がっしん

それで　幾日かは確実に生きのび
つぎの手立てを考える　がっしん　ガッシン　中年ガッシン
「火の要鎮」のお札と　拍子木の掛かる黒光りの柱の幾世代

煮えたぎる鍋の中で　突然鯉が跳ねた　中年のガッシン
ふたたび目の前に迫る飢餓《けがず》　六十年ぶりに竹林が花をつけ
野鼠が騒ぎ出す　やがて
大地震《ない》ふること侍りき

＊野本寛一『近代の記憶』（七月社、二〇一九）による。

しかばね

いかな直葬とか0葬《ゼロ》などと
世間が無情になってもさ　所詮
ひとはひとを　弔わずにはいられない

けものたちは野山にわんさと屯《たむろ》しているのに
屍《しかばね》を晒さない　ジェノサイドなど知らないよ

たまに崖や谷間にひっそりと咲く　白骨の百合

「産めよ増えよ地に満てよ」と宣《のたま》う神がいて
即刻天に召されるから　かも知れぬ

嫁が涙

崖下から水蘚《みずごけ》を伝って滴る
岩間隠れの石清水
だれが名づけたか
嫁が涙　もしくは涙水
ひとしずくの名もなき生涯の

案外　小姑か夫
あるいは小面憎い姑かも知れぬ
身近なもののみが知りうる
人知れず流した無念の涙が

岩間を滴り落ちて小流れとなり

やがて荒磯に浸み込み
小贏子取り《しただみ》の浜遊びや釣り人
塩焼けした漁師の喉を一時潤す

傍らのひとひらのヤマザクラのはなびらが
しずくに濡れて岩にはりついている
下から見上げると
そそり立つ絶壁が痩せた胸板を思わせ
蒼ざめた横顔の

深い絶望と孤独が偲ばれる
時には荒れ狂う波濤と向き合い
天《あめ》仰ぎおらぶ
路地をひとしきり虎落笛《もがりぶえ》が吹きぬける
甘露の一滴がひとしお冴えるのも
所以のないことではない

Ⅲ　理非知ラズ

羅切論

一物を断ちきり全身絶壁となる
面壁す羅切りのあとの我と己
躊躇《ためら》い傷も無くはなし春爛漫
羅切りしてもなお裏切られしよ
羅切りせしチンコはワンコにくれてやる
上目づかいにマラ嗅ぐ犬め馘首《かくしゅ》せん
羅切後のちんぽこ犬もそっぽむく
接続詞のようにさかっている野犬
乱離骨灰になる宿命の羅切りなり
一物は世俗を繋ぐ業と知る
観音も羅刹女も一如おみなとは

くそくらえや・かなの輩の一物
いちもつを切りなお五七越えられず
魔羅切って 𢯾抬𢯾掐《じゃっこうじゃっかく》女狐め
羅切りして空即是色われにあり
断髪と言う武士の沽券《こけん》を一笑す
女には割礼なき日本の男女同権
尾花で切る包皮のゆくえ誰か知る
「定吉二人キリ」にて切られたり
定に捌かれし鰻屋の情人
やはり定が上位女権極めたる
乾物にくちづけされてもなあ定子サン
凸と凹不立文字の以心伝心
いちもつを切りいちもくいったいの人となる
腹にいちもつなき雪さえて冷しかりけり
魔羅切って三界萬霊友とせん
羅切りして殺仏殺祖見極めん

無明極めたる羅切汝は誰
羅切りするほどの我に信と愛ありや
巌に座すちぢこまるホーデンもなし秋の暮れ
いちもつを断って無一物の極み也
奕保《えきほ》師不犯の百六才羅切恥ず
日本にひとつのわらひごとあり羅切の只管打坐《しかんたざ》
面壁す華厳の懸崖またぐらにあり
羅切して刻む大いなる巌頭の楽観瀧の虹

瀆神

夢精を知り染めて　日頃
悪童呼ばわりされる少年たちが
不揃いの七人の背丈の向こうへと
みずから超えんとして　勇み挑む
ことの顚末の

放物線のさきになにが待ち構えているのか
野末の小屋の土間に古新聞を敷きのべ
一列に並んで　一斉に青い血潮の
滾《たぎ》ったいちもつをしごく
せんずりまんずり　血が混じるまで

苛立たしく乱雑に破られた
袋綴じのミシン目が
開く　悦楽へと誘う乳房のとがり
膕《ひかがみ》と媚びた流し目のゆくえ

白濁した漲る瀆神《とくしん》の滴が
ひとすじの銀漢《ミルク・ロード》を迸らせ
折れ線グラフを描く

憮然と悪戯の一場を睥睨《へいげい》するものの
悄気《しょげ》る餓鬼大将の
尖った顎先を押し黙らせて

節穴からひとすじの晩春の夕日が差しこむ
いっとき満潮の磯の臭いに満たされるまで

時に自ずから神を瀆《けが》し　慄きつつ
放電する鬣《たてがみ》をなびかせ
敢然と傾く階梯の小屋を出る
下肢に気怠いマツゼミの鳴き声を纏わせて

水車小屋

ようく覚えとけよ
ただではおかんさけに　引き裂くような
叫び声が小屋から漏れた　サワグルミの青い実が中空でゆれる

七十年ほどまえの出来事と　捨て台詞を
しかと今なお老女は覚えているか
日夜屈辱に苛まれ　むしろ

凶行に舌なめずりする輩は　再々味を占め
放蕩を　恣《ほしいまま》にしたはずだ　遠い記憶のなかのひと夏の惨事を
床や談義は時に思いがけない世間話を語り出す

村はずれの川岸はもともと火葬場で
孟宗の藪のなかに葬輦場が死出の橋懸りを演じ
墓地に焼場を移した後
菜種の精油工場の　水車が日がな一日臼をついていた
サトマワリが乾いた音を立てて屋根裏を這い
梁を滑り降りる　つるんでるのを見たら　三年以内に死ぬといの

おしめを洗う川戸に　沢蟹が群がる
住み込みで働く　村一番の宿屋の器量よしが
かいがいしく汚れ物を洗いに来るのを
孟宗の藪から太腿を覗き欲情した
そや一代で財産を築いて　議長になったやろがい　あいつや　どもならんで

小屋に引きずり込み手籠めにした　五人で廻したんや
分担は手慣れたもので　たまたま通りがかりに
見張り番に仕立てられ

耳朶がはりつく板戸の向こうの喘ぎ声を咎めた
年少のふたりは恐ろしなって
可愛そうになってせなんだそうや

わしかア　お相伴はなしや　腰も立たんようになった
白い腿たの奥を見せてもろただけやがな　柘榴のように裂けて
しゃねがナア　まだ痙攣《ひくつ》いとったわ　へへ

とっくに旦那と出来とるちゅうし
初めてやないやろ　何回か堕ろしとるらしいで
しばらくしてまちの畳屋へ嫁ぎ
すぐ子が出来て　祭りにつれてきたが誰ぞに似ていないでもない

眼も合わさず　晩夏の夕日が差し込む
油じみた三和土《たたき》に足をとられ

よろめく紅潮した捨て台詞と
虚ろな顔が今なお面影に浮かぶ

募る蜩の鳴き声のなかに　丹後街道から
夕立晴れの砂ぼこりの匂いが立ち込める
夥しい一群の沢蟹が沢に下りてきて
シンバルを叩くように産卵する水際

虹を弾いて　気疎く水車が軋る
突然ギィタンと歯車が外れ　一気に水が迸った

ハートのかたちに　水溜りで
タンデム飛行の
精霊トンボが跳ねている
そのたびに噂の波紋が地衣を濡らし
藪続きにひろがる

乳繰り合う

という言葉だけで
なぜか勃起した思春期以来
もやもやは収まることなく

『広辞苑』には「乳くり合う」は「男女が密会してたわむれあう」とし「乳繰り」は「(乳は当て字) 男女が密会する。上方では、「ちぇちぇくる」「ちゃちゃくる」などという。ててくる。洒落本、蕩子筌枉解「実はていしゅと——つてゐるとみへる」」なんて
何だかよく分からない　分からぬままに
何故か納得済みとされてきた理不尽

何なんだ「乳は当て字」とは　なら「乳」は何を指すのか
「たわむれ」の実体が　権威ある辞書の沽券にかかわるのか
上品ぶって　はっきり明示しない　下品さ

ちなみにウェブを検索すると　dor さんから
「ちちくりあいとは一体どのような行動なのでしょうか?　雰囲気はわかるのです
が、具体的になにしてるんですか?」との問いに
「本のページを繰る（読み：くる）はわかりますよね?
乳繰る＝動詞
乳繰り合い＝名詞
ご想像の通りで、且つ、字の如しの意味です。
指先の話かあ〜」って　lon さんの名回答にも

今一ぴんとこない　みんなの疑問は同じ
分かっているのは　「字の如し」の意味
「乳繰り合う」と聞いただけで

歩けなくなるほど　そそり立つリンガ
それ自体

人類は延々と飽きもせずに　体毛をわけて
個我をこすりあい
乳繰り合ってきたのである

花醍醐

すべ神は　よき日祭れば
明日よりは　あけの衣を　褻《け》衣にせん*1

ひときわ鈴の音が高まり　剣の切っ先がひかりを放ったとたん
ゆくりなく御神楽の最中に粗相しちゃった
緋色の裳裾をしたたらせ　足袋が朱に染まったの

目も合わさず
「さ寝むとは　我は思へど　汝《な》が著《け》せる　襲《おすひ》の裾に　月立ちにけり*2」
いやいや「もろともに塵にまじはる神なれば月のさわりもなにかくるしき*3」

はにかむようにひとことふたこと
禰宜さんが知らんぷりして見すごしてくれたわ
今時の神主は優しすぎて　咎める術も知らないのかしらね
しとど滲んだ白足袋が
広前を穢して神楽の摺り足を捺した

付き過ぎてるんじゃない　もっと離れてよ
歌仙を巻く吉野遊行の
時分の花に会うため
少女からひとりのおみなごへ
はじめての異性となる　なんらの覚悟もなく
白い夜を剝ぎ取る

たまゆら　深い息遣いのなかに舞い散る
根元に奈落を抱えて　花曇りの空に
ひとひらひとひらひかりを放ちながら

一日千本の花醍醐の
谷底を狭め　散華の闇はことほど深く
うねり逆巻く桜吹雪に
もつれながらつがいの黄蝶が
渦に逆らい抜け出ようと底ひに沈んで
中千本から奥千本へと　登り詰める前線の果てに
西行庵の谷底へと下りて行く
シロヤマザクラの花明りして
全山がいっとき後光に包まれる

眼底に降り積もる桜吹雪の
花の終わりに
ひと夜を耽り　若巫女を犯し塵にまじわる神を犯した
悦楽をことほぐ花醍醐の
今世を散り敷く
時を知り尽くすまで

なんなら　歯ブラシ使っていいのよ

＊1　神楽歌「神上」或説　末より
＊2『古事記』
＊3『和泉式部集』

つくもがみ

寝苦しい夏のひと夜を
巻貝のように
しっかりと抱き枕にしがみつき
添い寝する　重宝さ

時には上に下にと
くんずほぐれつ　撫でさすり

いわんや　抱き寄せて夢うつつに
頬擢りすることも

はじめてつきあったひとの顔を
思い浮かべるや

夜半に白萩の夕靄のなかから
夢の枝折戸をあけて
忍び込んでくるほどに

まさかまさかのダッチワイフではないが
のっぺらぼうの　寝汗が沁み込んだ抱き枕を蹴飛ばし
無造作に妻は押し入れに投げ込む
昼日中に暗闇から
空耳なのか「ハグ　ハグして」と声が聞こえたり

抱き枕を挟んで　川の字になって
ひと夏をやりすごす
ウーパールーパーのような姿態に

やがて青白い手足らしきものが
生え初《そ》め

久しぶりに背後から手を伸ばす
つれあいが抱き枕になっている

膕《ひかがみ》

膕を手鏡に写し見るあけぼのの月

秘かに背後にまわり
不意に膝盆のうしろを押す
よろけたり　時には尻もちを突いたりと
他愛ない悪戯が
いっときつむじ風のように
思春期の校内を席巻した

紺地のスカートに包まれた
膕と脹脛《ふくらはぎ》へのなだりを垣間見て
頰ずりをしたくなるような
たわわな曲線をたたえたひし形の

膕窪《よぼろくぼ》の陰影に思わず息をのむ

押した途端　不意を突かれて頭の上にのけぞり
わわしく教室中を追いかけられた挙句
太腿から足首へひとすじの血潮が滴り
床に蹲るのをおずおずと遠目に眺めて

爾来五十年　その後どうなったものやら
今では丸く女房に納まっている
時には与謝の海を眼下に楽しむ　股のぞきの機転に
ひさかたの天地の反転
片雲を翻して飛天が中空に舞い降り
天衣の裳裾から柔肌の膕がのぞく

せめて末期は　湯あみして
膕にはさまり縊れたい

ひさごのかたちに
羽衣は返しはしない
とかくその日までは

隠語論

鈴口と言い
カリと言う　雁首の転
或いは　蟻の門渡りとか
まだまだあるよ　わんさとあるよ
亀甲縛り　松葉崩し　後ろ矢筈　帆掛け茶臼　座禅転がし　鴨の入り首　仏壇返し
しぼり芙蓉　鶴の羽返し　反り観音　浜千鳥　梃子かがり　虹の架け橋
格子状の四十八手のエトセトラ　極め付きは「理非知らず」ときた
菊座の菊の　古来大和心の隠語の典雅さは
馥郁たる菊花大綬章ものだ　斯く斯く然然《しかじか》
時には　へへ・ほほとも清音でのたまわく

毎回毎回飽きもせず　みうらじゅんは
「人生の3分の2はいやらしいことを考えてきた」と
「週刊文春」の連載「人生エロエロ」の冒頭に書く
バタイユ調のエロティシズムを強調しても
なぜか女どもには通じない
なら　甘い愛の言葉をまぶして
愛児をみだらふしだらはしたない
すなわち下品なことをして産んだのかと
嫌みをほざきたくなる　お腹を痛めてまで卑猥の限りを惨々演じ

暴いてやるサ　おしとやかな上品ぶった下品
「ねぇお願い　電気消してよ」なんちゃって
女の真顔は裏の顔

五十面下げて　軍服仕立てのスーツを着こなし
プッシー・ボウのリボンジャケットを締め

観閲しても　知ってか知らずか
所詮勝ち目はないのである

いかなグラマーも台無しの体たらく
レントゲン写真の骸骨を一里塚として
余生を生きることにした

雁首揃えていても
男なら男なら　揺れるおっぱいの谷間で
思いっきり泣きたい時もある

もっとも　「トランプは私だ」などとは
とても言えないがね
人生の楽しみは
「カネと権力と女」　三人目の妻のメラニアの言うことにゃ
「最低でも一日一回はインクレディブルなセックスをしてるわ」だとよ

現役でＰＳＡ値は０・１５ナノグラムとは畏れ入る
Love trumps hate（愛は憎しみに勝る）　レディー・ガガの
本心は「トランプが大嫌い」だとか
「嫌よ嫌よも好きのうち」とかいう言い種もあるし
こちとら　これぱっかりは野暮天にはわからない
何はともあれ騙し絵《トランプ・ルイユ》には気をつけろ

＊トランプ関連の資料は「週刊文春」二〇一七年十一月三日秋の特大号他を参考とした。

三密論

命がけでくちづけが出来るか
マスクに幽閉された日常　69などとっくに昔の話だ
命をつないできた愛と猥褻のことの本質
なめくじの口で舐め回すな

密教の三密　すなわち
人間の身・口・意の三業　とんだことに
「密閉」「密集」「密接」のソーシャルディスタンスとやら
新型コロナ禍中の　実存と性愛の揺らぎ

恋はいっときの気の迷い　伴侶は

傷口を舐め合う　偕老同穴の深い契り
いわば運命共同体だ　死なばもろとも
愛することの意味を真底問われているのだ
縁と絆を見極めよ

アポリネールなら　こう歌うだろう
たうたう君は古ぼけたこの世界に飽いた
君は大声に歌ひまくる引札をカタログを広告を読む
これが今朝の詩だ　散文としてなら　新聞がある[*1]

たとえば君は「週刊文春」４月16日号
「福岡ハカセのパンタレイパングロス」を読む

「人間がいちばん濃厚接触するのは、アレのとき
ニューヨーク州のマニュアル Sex and COVID-19 によれば
コロナウイルスは今のところ　感染者の精液　膣液からは検出されていない

とはいえ唾液　鼻水　排泄物からは検出され
当然キスをすればウイルスは簡単にうつる
リミング（肛門をなめることと注釈有り）など以ての外

そこでおすすめなるもの
安全なセックスのパートナーはあなた自身
手を洗ってからマスターベーションをすれば
ウイルスに感染することはない
対面でデートするのはお休みにして
ビデオデート　セクスティング　チャットルームなど考えてはいかが
ああ　大きなお世話でした[*2]」　まさに房事への介入ではないか

卑猥な恥部をスマホで見せ合ってせんずりまんずり
二メートル離れて愛することが出来るか
鮭の愉楽に学び　遡れひたすら　母川へと回帰せよ

慎ましくあれ
人間は原罪とともにある
野生動物の反乱が突きつけた　天譴論の意味
我がまま気まま自堕落な世相のつけが　今になって
ついに回ってきたのだ　神は妬み深い　つくづく
酒杯《ワイングラス》は地獄のかたちをしている　節度をもって楽しむべし

飢えた子供たちを傍目に
ペットを溺愛するなど　所詮身勝手なエゴティズム
本末を考えろ　獣姦すらしかねない悍《おぞ》ましさは
まさしくソドムとゴモラの禍々しい背徳の都市　度が過ぎるのだ
欲望の肥大がもたらす悪徳の渦巻く我執の市から　この期に及んで
若者よ　帰農せよ分散せよ　核家族は諸悪の根源である
ステイホームはその極み

防護柵の網を破って

猿が新玉ねぎを齧った
山の神が味見をされたと考えれば
今さら腹を立てることもない　長い付き合いなのだ

結局「今のところ」にすぎない
一人来て一人で帰る死出の道とやら
メメント・モリは神の忠告

所詮にんげんは三密　三業にほかならぬ
何はともあれ　つましく慎しみ深くあれと
自ら言い聞かせ　荒魂《あらたま》を抱きしめて
太陽柱に射抜かれた原野に彷徨《さまよ》い出る

＊1　アポリネール「地帯」（堀口大學訳）
＊2「　」は同記事の要旨

理非知ラズ

添え乳しながら
長らく禁欲を強いられてきたつれあいと
乳繰り合いまぐわう　甘噛みの息づく薔薇色の
胸の小籠に　摘まれた桑の実のときめきに

汝を問う
母なのか　女なのか　あるいは
くわんおんさまなのか　（ねがわくば　ソルヴェイグの子守歌を
せめてひとふしなりと）

もしくは一匹の牝

「イク」のか「クル」のか「死ぬ」のか
いったいどっちなんだ
はっきりしろやい

なら　どこへ行くのか

今生の別れは
「行ッテ来ル……」とただひとこと
言ったきり
立ち込めた霧の往還の　ひとり立ちすくむ切岸
輪廻しつる一人が腹に八生*宿りの寄る辺へと
ひかれあい求めあういのちの無明

昇りつめて　切羽詰まった

理非知ラズ

Et in Arcadia ego

えろすトたなとす
抜き差しならぬ一瞬を
秒針で刺し貫かれ

死ねない
神さまが憐みの目で
天井の節穴から覗いている

ってか　固唾をのんで
うらやまし気に

ひたうつ悦楽の波紋が

彼岸の葦辺を洗い　問うている　汝はだれなのか

見下ろす堕天使の
奈落の際もなし

滑り落ちて
一切の記憶を失い　哀れヒトの子となる

＊『宇津保物語』俊蔭（その14）

Ⅳ 青年

カニババ*

生まれ落ちて
最初の排便をカニババと言い
いっかど人並みに臭い
十月十日の粘い胎便が出る

初乳を含ませ
健やかに眠るみどりごが
なにがうれしいのか微笑む
所のおぼすなさんがあやされるのだとも言い
笑うことで誕生をみずから寿ぐ

まずは蟹のように這いずり回り
やがて塵と泥を舐め
水と風　光や闇から
言葉を紡いで
やおら生き始める

一方今わの際の失禁も
同じくカニババと言い
人生がっぷり四つの　粘り腰の粘り便
貯めに貯めた　黒くて細い
長年月の宿便が臨終を告げる証しとなる

常世へと誘われ
横這いに
躄《いざ》っていく

ひとの一生は
すべからく
血と肉と言葉の老廃物の
カニババに始まり
カニババで終わる

＊カニババは本来は胎便の事で、カニクソとも言う。末期の失禁も同じ。中山太郎「蟹守土俗考」によれば、『古語拾遺』『新撰姓氏録』の「掃守連《かもりのむらじ》」、すなわち「蟹守」の故事にちなみ「胎屎」をカニババと呼んだとする。谷川健一も「若狭の産屋」のなかで蟹守と産小屋の習俗を考証した。「所のおぼすなさん」とは産神のことで、産土、生土とも書き、氏神を指すことも。

くそ味噌

際ものにして　決してゲテモノにあらず
名にし負う奥若狭の杣むらの
奇食珍食といえば
さすがの小泉武夫大先生もご存じあるまい

人呼んでくそ味噌　カニみそともいう代物
生れたてにひる　香の物ほどの胎便
すなわちカニババ　要するに醍醐のような母性の賜物

火野《かの》で育てた大豆の味噌に溶かし
先祖の骨灰と　山の神のお使いの狼

無ければ猿の頭骸骨の粉少々に　乾燥へその緒の削り節
断崖に生える岩海苔　川海苔をまぜて仕込み
地蜜でとろ味をつけ
長年月蛇蝎の巣窟の塩素部屋に
寝かしておいたこれぞ熟成くそ味噌

祝言の三々九度の杯のあとに
婿殿に味噌汁と　岩魚もしくはアマゴの泥酢
味噌漬けの香の物三切れとともに
有無を言わせず一気に食べさせる

さすれば　その後は夫婦円満　侃々諤々
味噌糞に罵倒し合っても　ど突きなどはしない
たとえ厳つい鬼瓦や獅子頭のような面つきの女房ですら
わしゃ九十九　お前百まで　共白髪云々かんぬん
土蔵の閂　むろん味噌をつけることもないではないが

高砂の尉と姥のごとく
みごとにコクのある人生を全うするほどに

こんなことを思いついたのは
神しかいない　何てったってところの氏神
すなわち大地母の神

囲炉裏火に慈愛深い瞼をしばたく
老爺の酒飲み話のことゆえ
法螺も大あり

全くの嘘ではないが　こんなことは
今じゃ　背戸で聞き耳を立てて
嘯《うそぶ》く鶯しか知っちゃいない

ダブルベッド

寝しなには　ほぼ半分
ダブルの布団を分け合って
眠りに就くのだが

どうしたことか　明け方には
我輩は布団の端っこに　決まって
しがみつくような寝相で
目が覚めるのである　いやはや　見るのはいつも断崖の夢ばかり

結婚四十五年　いまだに
ダブルベッドで同衾している

これはつまり　若いころの
がむしゃらな性愛や　生殖目的ではなく　実は
いわば老年のセキュリティのために　実際

親戚の老夫婦は　夫が胸部動脈瘤破裂で
苦しみのた打ち回っているにもかかわらず
べつべつに寝ていたために　気が付かず
放置し急死してしまった　つい先日の事だ　なまんだぶ

もっとも我輩のわわしい嬶《かかア》の鼾《いびき》は　襖がはずれるは
障子紙が破れるはで　いやはや
安眠とはほど遠いが
万一のことを期して　お互い
我慢専一に　今なおしぶしぶ
同衾中なのである（惰性ということの　かけがえのないなんたる幸甚！）

ちなみに我輩は決して鼾をかくことはまずない　断じて
本人が言うのだから嘘じゃない　実に選良の如し
たまに　思わず自分の呼吸に目が覚めることならないわけではないが

夏になると
抱き枕を挟んで　決まって
川の字に寝る　時には思いがけず蛇行することも

のっぺらぼうのダッチワイフもどきに
愛しく頬ずりし　挙句は組んず解れつ　なおも組み敷いて
ともすれば　寝苦しい夜を　抱き枕に
抱かれて眠る　惰眠をむさぼる　むさ苦しく

涎や涙　鼻水　寝言譫言戯言混じりに
たっぷりと加齢臭が染みついた
いつもは蹴飛ばして　押し入れに放り込む

抱き枕を抱いて　まるでイルカと戯れるように　少しは偲んでくれるだろうか
せめて命日以外にも

もしくは　切り裂いて　その日のうちに
ゴミに出すか　梁に吊るして
日頃の腹いせまぎれに
サンドバッグにするのだろうか　それとも　いやはや

ヘバーデン氏

ネックレスやイヤリングをおもむろにはずす
さすがにエメラルドの
エンゲージリングは抜かず　素肌に戻る

背中を掻き毟る焦燥と　臀部を揺さぶる　あえぎ　登り詰め
固く握りしめた指と指をほどく
しなやかな指先に触れる　下弦の有明のおぼろ月

しのびよる日々の　危難のゆくえ
中年をすぎたころから　骨棘が増殖し変形をきたしはじめる
関節がぶかっこうに腫れて　ことのほか痛ましく

半世紀にも及ぶ裁縫や　内職工場の
細かで根を詰めた日々の作業と
日常茶飯事の　過酷な使役に耐えてきた

手仕事のかずかずによる　ホルモンの失調がもたらしたヘバーデン結節
レントゲンに写しだされた二羽のコウモリが
おもむろに羽根を畳む　屯《たむろ》する洞窟は何処に

時には指をからめて眠りにつく
途中ほどこうとするが　強張って
おいそれとはずれない

暗闇にまぎれ　指をほどけば　ひとしおの
こみあげてくる　いじらしさ　愛おしさ

来し方を振り返り　ドクトルヘバーデン氏は
よって知る　人生の重大事と
日常茶飯事がもたらす受難の意味
エンゲージリングは　もはや抜くこともかなわない

孫の手

孫がいないので　土産屋で
孫の手を買った　実はその親もいない
連れ合いなら一人だけいる　一人で十分だ

愛人は　昔風に言うならお妾　てかけ
高度成長期なら夕暮れ族
日替わり定食が望みだが
そんなことは口が裂けても言えない

痒い所なら　連れ添って四十五年　お尻以外は
どこでも掻いてくれるが　当節乾燥肌なのか

時折り爪を立てて掻き毟るので
背中は生傷が絶えない　これじゃ刃傷沙汰だ

独立独歩　揉み手じゃない　痒い時にはやはり孫の手に限る
形状は招き猫か　あるいは菩薩の施無畏印か

民具としていつだれが考案したものやら
昔からあるがそこそこ重宝している
なかには池で拾い集めたゴルフボールを持ち手につけて
肩たたきを兼ねたものもある
至れり尽くせりなのである

大原野の勝持寺の花見に
桜の根を真鍮で巻き　植木鉢にして
一抱えもの香木を庭に焚き込み
政敵の斯波高経の面子を潰した

婆娑羅大名の佐々木道誉なら　おそらく
孫の手を茶杓代わりに
千利休の鼻をあかすことなど　時代は違うが
朝飯前だ　たぶん　わびさび何のその
百畳敷きの茶室すら造りかねない　さて私めはと言えば
その一角に端座して
耳かきで俗耳の垢をほじくっている　まだまだ
「唐人抓耳図」*のようにはいかないが

*岩佐又兵衛作。

舌鼓

何かあると
時には舌打ちをする
チェ　しょうがないなあ　ってところか
思い通りにならない苛立ちが日々募る

親指と中指で指打ちなら
よし　やったー　ラッキーと指を鳴らす
臨機応変のボディランゲージのいろいろ
ボキャブラリーを補う些細な所作　しぐさってところだ

昔気質の母は　時たま巻舌をすぼめて

舌鼓を打った　何がそんなに
美味しかったのだろう　誰に聞かせるでもなく

民俗学者で歌人の　谷川健一先生も
親父もそういえばしてたなアと言われた
水俣で眼科医をしていた　子煩悩な侃二さんの
在りし日が目に浮かぶ

苦い水銀はまだ混じってなかったか
照り返すひかりなぎのうなぞこ　ニガヨモギ星のまたたき

貧しい日々の団欒を囲んで
母よ　もう一度絶妙な舌鼓の音を
聞かせてください　あの頃の

この頃ぼくは　信楽焼の狸同然

なんやかや世間を食いあぐねて
腹鼓を打っている　おまけになんたらかんたら
百畳敷きをおっ広げながら

柱時計

日々終活の一端につき
いずれまた使い道があるやもしれぬと
ガレージ奥の物置の隅に
長年取り置いた古い柱時計

ついに捨てることにして
持ち出した途端　ゆくりなく鼓動のように
時報音が鳴りだし　止まらない

放置していた歳月の　悔悟と罪責の日々を
寸秒切り刻み
思い出させるように鳴り響く

柱時計を掛けるのは
黒光りする大黒柱と決まっていた　その下に
あたかも時をも差配するかのように
泰然と主が座る囲炉裏が仕切られ

ネジを巻く　草いきれのぎすちょん
太腿に古血が淀む真昼に　とぐろまく柱時計から
ほどけるようにサトマワリが伝い降りるのを
昼寝しながら　物憂く見るともなく見ていた

未練を断ち切るべく
足蹴にしたら　ようやく
鳴りやんだものの　すべからく
未来はかくして訪れ　槍を振りかざしながら
時は今　まざまざと過去のなかによみがえる

自転車泥棒

妻の名は「オイ」　すなわち「オイ子」さん
ってことはない　むろん親が期待を込めてつけた
ちゃんとした戸籍上の名ならないはずはなく

呼んだのは　プロポーズ以後　ほとんどない
日記には名前は記すが
爾来ナイナイ尽くしの武骨な亭主関白を気取り

連れ添って四十五年
今更こっぱずかしくって
呼べば呼んだで　角が立つ

魂胆が疑われるのはわかりきっている

夜半に目が覚めて
夜明けになって寝入りばなに
しばし夢の中に迷い込む　たまたま買い物に行き
マーケットで妻の愛用の自転車が
何ものかに盗まれて慌てふためく始末

新聞代の集金に欠かせないママチャリの
メーカーや型　カラーもしかと憶えてもいないし
ましてやナンバーも一切控えてはいない
その程度の事がいかに重大事であるかを
長年自覚しないできた何たる不覚

一応警察に届は出したものの
所詮茶飯事でそっけない　なにせ放置自転車なら山ほどあるご時世だ

暮れなずむどさくさまぎれの街を　あてどなくさまよい
犬並の臭覚があれば　肝臓のかたちのサドルの匂いで
突きとめるぐらい何でもないが
こちとら鼻も効かないし

すでに眼も耳もあの世をさすらっている
歳末の衢八街《ちまたやちまた》　深く立ち込めた霧に
足元を拉致され亡霊となる
見当識障害で右往左往しつつ

人ごみにまぎれてついには三界流浪の末
自分すら見失い途方に暮れる街角の
ビル風が老身を苛む
魘《うな》されて明け方の夢の渚に打ち上げられる　ゴミ同然に

嗚咽を洩らししとど枕を濡らして
何度もたえだえに
妻恋の名を呼ぶ

摘み草

さすがによる年波には勝てず
しだいにやる気をなくしつつ　それでも身辺に
日々はびこる草取りに精を出す

疲れると　座椅子に腰掛けて
畦のクローバーの繁みから
四つ葉を探すことに熱中するのが
日頃の息抜きになっている様子
他に認知症予防の折り紙とクラフト

水害で一切が流されてしまった

実家の田の畦にもひとむれのシロツメクサの草地があり
何を願い　少女は四つ葉を摘んだのだろう

あの時あの場所で摘んだクローバーのなかに
未来のわたしはいたのだろうか
若やいだ夢と祈りのなかに　花冠を織る

結婚して優に四十五年　かなえられたこと
かなえられなかったことの
かけがえのない日々の数々
一つしかないと分け合って食べたことも

中には五つ葉もあったり
電話帳に挟んで乾かし
折り紙とともに栞にして　だれかれともなく
渡す癖　無くて七癖の一つにもなり

のどかな春の日の丘のなだり　草生に
つつましく座って　静かに微笑み
日がな一日　四つ葉を摘みながら
雲の流れる階段を　天界へと至る
揚げ雲雀に願いをことよせて
丘の放物線のどこかに消失点が隠されている

詩集を出すたびに　奉げた本のページに
挟みこまれた四つ葉の祈り
今はもう　取り返しのつかない
失われた日々が

形見の品々の　反物のなかから
タトウに包まれて
よみがえる

道芝　岡崎純氏の思い出のために

一名チカラシバ
田んぼ道の轍の　小高い中芯《なかじん》に沿って
群生する　踏みつけても跳ね返す
したたかでしなやかな雑草　青人草われら
草履《じょり》にすると　履き心地がよく
歩くたびに足元から原生の風が生まれる
襤褸を綯いこんで　粋な鼻緒とする

少年は道芝を結んで罠を作った
下肥を担いだむらびとが
たまたま足を引っかけ

糞まみれになったばかりか
踵をくじき　やがて跛になり　よっちんこく*顚末

息まく顔を直視できず　ついつい
名乗り出ることもしなかった　むろん

物陰からよろけるのを
じっと眺めていたわけではない
ほかの遊びにかまけて
すぐ忘れてしまっていたのである

それゆえ　余計に
無聊を癒す出来心の
他愛ない悪戯が　突如よみがえり
ことさら日々の安逸を責めたてる

何よりも今は　道芝で綯った草履がはきたい
きつく鼻緒を挟み　しかと地を踏みしめて
足元に一陣の風を巻き起こしつつ

＊「よっちんこく」とは「閉口する」「困惑する」こと。

万が一

万が一いただいた命なので　時には
万一の場合がありうることを承知で
しかと覚悟が求められる

手順通りＣＴの画像を解説しながら
万が一　すなわち一万分の一の確率で
起きうること

血管損傷　重症不整脈　冠動脈の急性閉塞や破裂
遅発性血栓症などなど　あってはならない
おどろおどろしくも悍《おぞ》ましい病名を告げられる

所詮は責任逃れとは言えなくもない
何せいつ告訴されかねない現代医療の先端で
わが身を守らねばならない医師の義務も　あるにはあるさ

万が一はいわば神の領分
すべて委ねるしかない
親族の署名と捺印が押され　淡々と毛剃りも済ませて
車椅子でオペ室に入る　今更引き返せはしない

手首からの二度目のカテーテル検査は
すなわち手術にほかならない
精神安定剤も飲んでいたので
落ち着いていたものの
大きな不整脈が一回　首もとがしばらく痛くなる
カテーテルが心臓壁に当たるのがわかる

心臓の裏側の冠動脈の回旋枝が
いやはや九十パーセント詰まっていたのだ

バルーン二個とステントを入れ
局部麻酔でかっきり一時間
無事生還する

今になって
不妊治療に明け暮れていた日々を思い出す
シャーレのなかの一万匹の精子すら
ひとひとりを生みだせなかった　不運と悲しみを
長年連れ合いと共有してきた

ましてやひとりを救うことも出来ず
世界とじかに向き合うことすら

それでもなお　疎かにはしない
たまゆらの万が一のいのちは
万が一の死のたまものにほかならぬ

青年

電車に駆け込むと　青年は
はちきれそうなリュックを
こともなげに胸のあいだに回して

両手でおもむろに詩集を開いた
背にはシュペルヴィエルの文字
「ひょいと後ろを向いたあの馬」の詩*を読んだだろうか

立錐の余地もない　朝のラッシュの車内で
背後の人には迷惑にならぬよう
なにより今時の　まずはセクハラの嫌疑も避けられる

いずれ子供が出来たら
ごくあたりまえのように
分厚い胸に抱っこひもでかかえ
愛おしくあやす姿が　眼に浮かぶ
愛児の顔になにを読むのだろう　長いまつげを瞬いて
黒目がちな目で

七駅目で　ふたたび軽々とリュックを背に
敏捷に二段ずつ階段を駆け上って行く
背負い込むこと　抱え込むことを　自在かつ
臨機応変に使いこなして

なぜか姿が消える寸前　ひょいと
こちらを振り返ったが
むろん目が合ったわけではない

身軽な青年のすがたが消えるまで
来し方を振り返り　胸が熱くなって
人生の前途を　しばし追いつづけた
二万世紀もの　すなわち
永遠の青年に向かって　エールを送るように

＊「動作」(『シュペルヴィエル抄』堀口大學訳、小沢書店、一九九二)。「ひょいと」「二万世紀」は引用句。

金田久璋（かねだ・ひさあき）

一九四三年（昭和十八年）福井県三方郡美浜町佐田（旧・山東村）に生まれる。著書に詩華集『銀河系』（スピカ詩書）『言問いとことほぎ』（第四十五回中日詩賞新人賞、思潮社）『歌口――エチュードと拾遺』（土語社）『賜物』（第十九回小野十三郎賞、土曜美術社出版販売）『鬼神村流伝』（思潮社）『森の神々と民俗』（岐阜新聞社・地名文化賞、白水社）『稲魂と富の起源』（同）『あどうがたり――若狭と越前の民俗世界』（福井新聞社）『ニソの杜と若狭の民俗世界』（岩田書院）他共著多数。

日本現代詩人会、日本詩人クラブ、中日詩人会会員、福井県詩人懇話会幹事、詩誌「角」代表、「イリプス」同人。

理非知《りひし》ラズ　Beyond Rights and Wrongs

著者
金田久璋《かねだひさあき》

発行者
小田久郎

発行所
株式会社思潮社

〒一六二―〇八四二　東京都新宿区市谷砂土原町三―十五
電話＝〇三（五八〇五）七五〇一（営業）
〇三（三二六七）八一四一（編集）

印刷・製本
三報社印刷株式会社

発行日
二〇二〇年十一月二十三日